H.P.LOVECRAFT'S
THE HOUND
and Other Stories

Adaptation and Art Works
by TANABE Gou

魔　　犬

洛夫克拉夫特傑作集

田　邊　剛

All of these graphic novels are
based on stories by
Howard Phillips "H. P." Lovecraft

contents

神 殿

THE TEMPLE

H. P. LOVECRAFT'S

"THE TEMPLE"

Written in 1920

Published in September of 1925 in Weird Tales

六月十八日——

由我，德意志帝國海軍少校

卡爾・海因里希，

擔任艦長的潛水艇Ｕ29，

在北緯四十五度十六分、

西經二十八度三十四分

的海域擊沉了

英國貨船勝利號。

嗯
……

艦長！

來了一封
諜報部的加
密指令……

返回威廉港的
行程得延期了。

本艦接下來
將攻擊英國
的定期航船
達契亞號。

……

パサッ
啪！

有船靠近……準備潛水!

是!

是!

把屍體拋進海裡!

艦長!甲板上有一具屍體!應該是……

昨天那艘英國貨船的船員!

這是英國人嗎?看起來有拉丁血統。

他死前一直抓著護欄……?

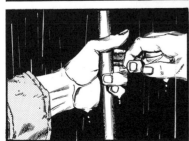

快丟下去吧!

真讓人心裡
發毛……
喂，你來抬腳！

好
……

這玩意應
該挺有價值
……

呵！

克蘭澤
上尉
……

啊！
先等一下

掏

摸

好了，丟下去吧。

？

哇啊！

嘩啦

穆勒，是你老眼昏花了。

波姆，快看……那傢伙在游泳……

竟然還活著……不可能！

！

應該只是隨著波浪搖擺。

不……他在看著我們！

艦長……

什麼事？

嗚嗚嗚

有好幾名士兵……

波姆，你冷靜點……

那個英國人……

他是死者們的……

引導者……

嗚嗚嗚

精神不穩定的士兵，暫時讓他們休息。

死者的……

……

嗚嗚嗚

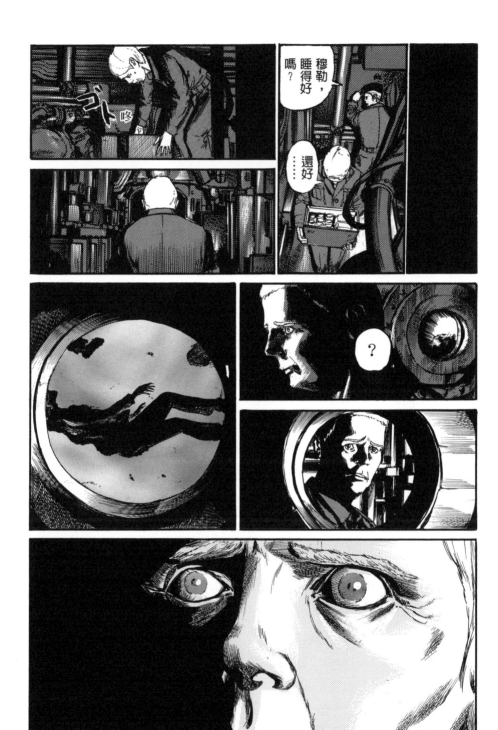

站起來！

是！

把穆勒准尉關起來。

死者的引導者……

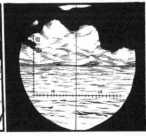

ブゴゴ

轟轟轟

什麼事？

艦長……

穆勒和波姆都不見蹤影……

可能是自殺了……有人看見他們跳海嗎？

沒有。

……

好吧，總之整理一下他們的遺物。

是！

諜報部有新的指令嗎？

沒有。

達契亞號不知去向……

看來我們只能先回威廉港了。

太好了！四十天沒上岸了！

好懷念陸地啊！

前進方向轉為東北。

發電報給海軍總部……

沒能掌握達契亞號行蹤，將返回威廉港……

砰磅！

唰唰

機關室發生爆炸！

艦長！

怎麼會有爆炸聲？

24

回報受損狀況。

大部分機關裝置都已毀損……

燃料槽全毀……

兩舷電動柱主控制盤全毀……

兩名機關士死亡……

上浮及下沉呢？

目前沒有問題。

本艦已喪失前進動力……

是！

盡全力搶修！

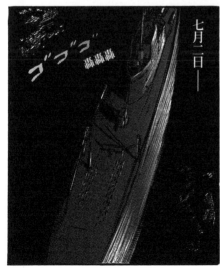

七月二日──

ブブブ

轟轟轟

26

前方發現美軍戰艦！

全艦進入備戰狀態！

艦長！

動作快！

所有人回到崗位！

準備發射魚雷！

特勞貝，回你的崗位。

我們還是投降吧！

回你的崗位！

等到壓縮空氣與蓄電池耗盡，我們就會沉入海底。

我艦已失去動力，正在往南方漂流……

砰

快把艙門打開！我受夠了！

……我要投降

……

所有人回到崗位！

把特勞貝的屍體處理掉。

咚

請把象牙雕像還給大海吧……

嗯？

克蘭澤上尉……

你們也想抗命？

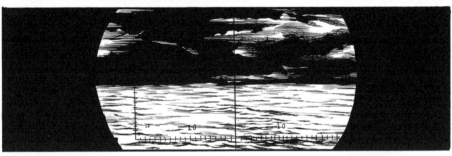

ゴゥ゛ ゴゥ゛
轟轟轟

捕捉得到敵方戰艦的渦流聲嗎？

完全捕捉不到。

不知跑到哪裡去了。

七月四日，凌晨五點左右

！？

發生什麼事？

……可恥的
傢伙！

我們沒有向美國
戰艦投降……

引發了他們
的不滿……

艦長，我們
棄艦吧！

向附近的
船隻求救
……

難道你們沒有
身為日耳曼人
的尊嚴？

我們帝國軍
人沒有投降
這回事。

……已經沒救了

我們所有人……

都會被那個英國人帶走。

帶往那無止境的黑暗深淵……

ゴゴゴ

轟轟轟

克蘭澤！

我們還有充足的食物和氧氣。

你應該想想，我們能為帝國做什麼。

就算有食物，又有什麼用？

電力遲早會耗盡……

光靠我們兩個？

沒錯。

到時候就是無止境的黑暗。

……

自從發生原因不明的爆炸導致本艦失去動力已過了六天……現在連上浮和下沉都做不到了。

羅盤等儀器也在士兵暴動時遭到破壞，如今只能根據從舷窗及指揮塔能夠看見的景色判斷移動速度，間接推算出現在的位置。

35 神殿

……你在做什麼？

以目測的方式計算速度。

……！

艦長，快看！

不過是艘沉沒的船。

克蘭澤，你到底想說什麼？

那上頭

不，我說的是船的後面……

那塊岩石……

好像有雕刻的痕跡。

克蘭澤

嗯呃……

那太匪夷所思了⋯⋯

抱歉，艦長⋯⋯

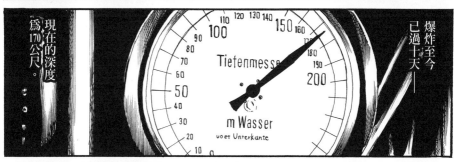

現在的深度為170公尺。

爆炸至今已過十天——

Tiefenmesser

m Wasser

神啊，

請保佑我們。

他在呼喚我們……

我們快走吧……

既然沒有辦法拒絕，不如誠心懺悔，乞求原諒……

跟我一起走吧。

你瘋了。

……我瘋了？

那正是他的慈悲，保持理智的冷血之人啊，祈求諸神的憐憫吧⋯⋯

走吧！趁他仍慈悲呼喚時，一起發瘋吧！

艦長！

⋯⋯

呵呵呵⋯⋯

要走可以，把象牙雕像留下。

如果你不肯走⋯⋯至少允許我一個人走。

有沒有什麼要留給故鄉家人的東西？

太過理智了⋯⋯

呵呵⋯⋯你真的是，

關上閥門，請拉下拉柄。

待我⋯⋯

等等！克蘭澤！

咯嚓

咔嚓

咱 咱

波波波波波

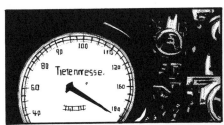

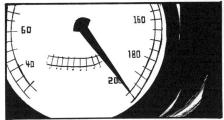

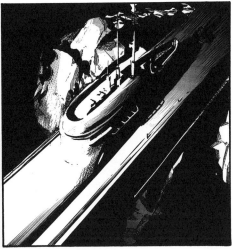

克蘭澤的遺體在哪裡⋯⋯？

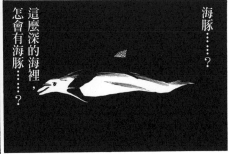

海豚⋯⋯？

這麼深的海裡，怎會有海豚⋯⋯？

47　神殿

要推算現在的位置，有相當大的難度⋯⋯

雖然艦體被海流推動的速度有減緩的趨勢⋯⋯

但要獲救幾乎是不可能的事情⋯⋯

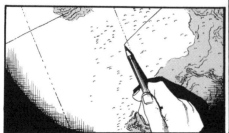

前方的海底……好像是顏爲陡峻的下坡……

調整一下探照燈的角度吧……

那些岩石的形狀有奇妙的規則性……

唉……

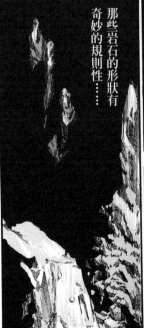

那是……？

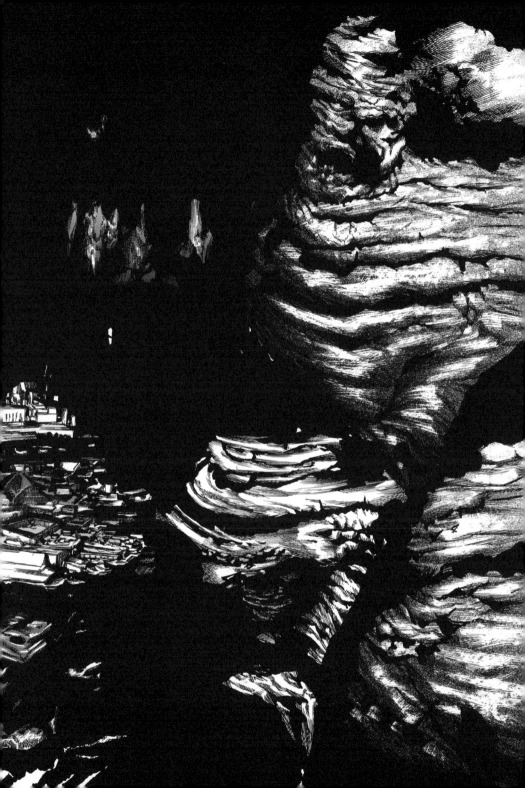

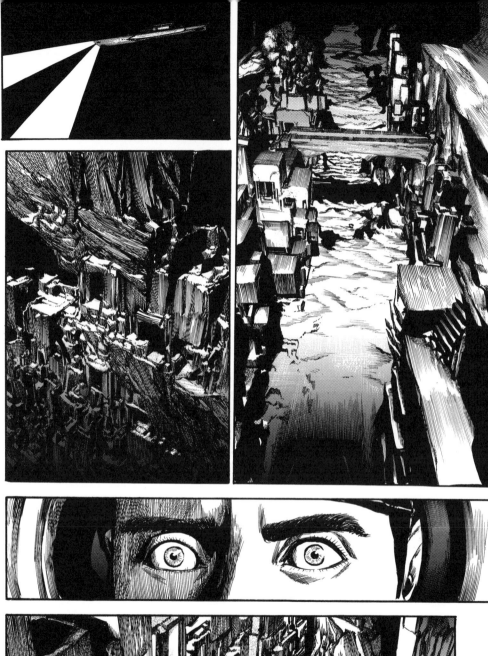

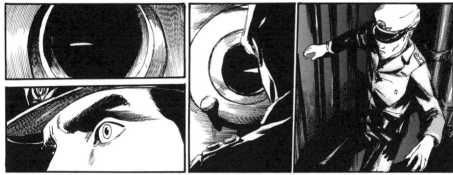

在海底……

竟然有如此高度的文明……

亞特蘭提斯！

這一定就是一直被視為神話的傳說中的城市！

必須是身為德國人的我。

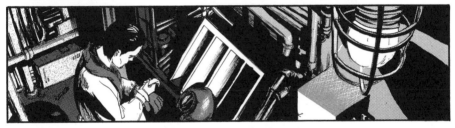

這座城市在遭人遺忘之後⋯⋯

第二個走進去的人⋯⋯

真令人
不敢相信……

這些壯觀的建築
物，都是從峽谷
間的岩盤上開鑿
出來的。

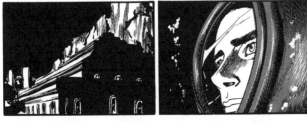

我能做的調查，就到此為止了。

手電筒沒電了……

蒐集來的古物，
有著希臘化時代
的特徵，

但似乎不是
希臘文化最直接
的源頭⋯⋯

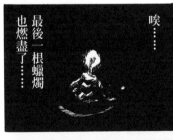

但願有一天，
這份手記能夠
被人發現，
就此解開
人類史上最大
的謎團⋯⋯

唉⋯⋯

最後一根蠟燭
也燃盡了⋯⋯

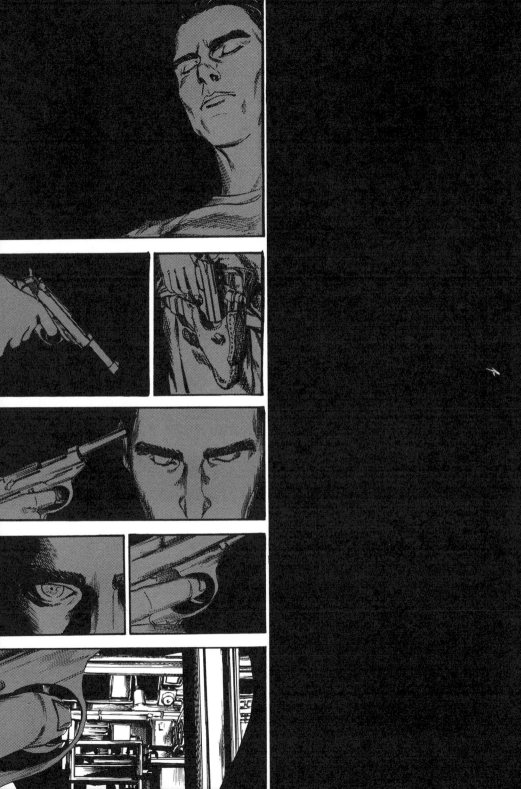

磷光……
怎麼可能？
這裡可是深海……

一定是幻覺……
我的精神也開始
不正常了……

確實觸碰得到……

那看起來……
像是二個
杯子……

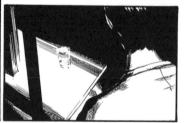

難道……
窗外真的
有磷光？

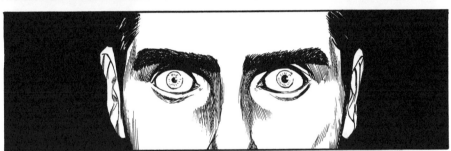

是從哪來的？

這帶有特殊節奏感的唱誦聲

深海的潛艇內。

聲音……？

怎麼可能聽得見

不會錯的……

那是幻覺、是幻聽……

但剛剛那邊的確

出現一道人影……

然而……

沒有一絲一毫的客觀事實……

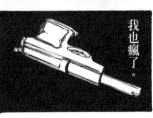

我也瘋了。

這一切都是衰弱的腦髓製造出來的假象……

65 神殿

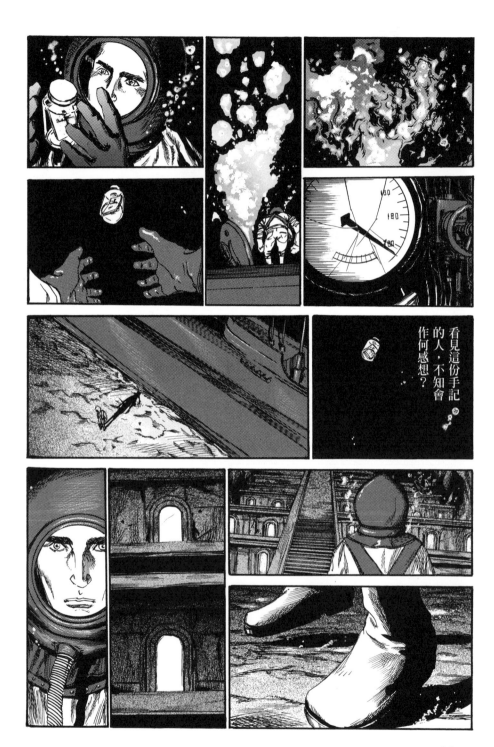

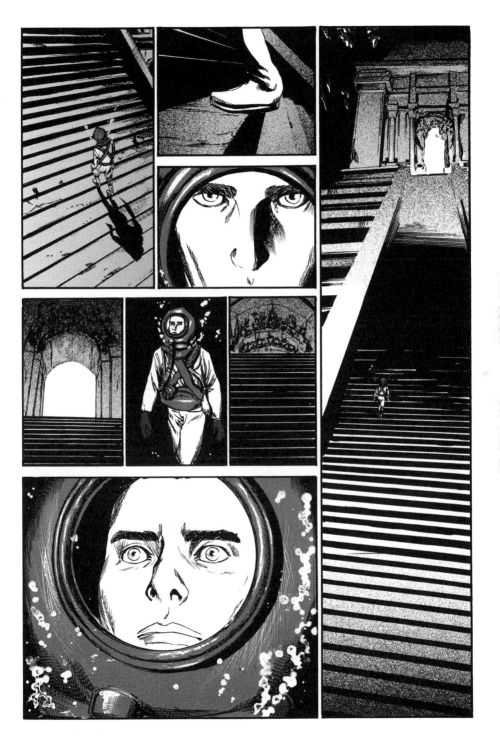

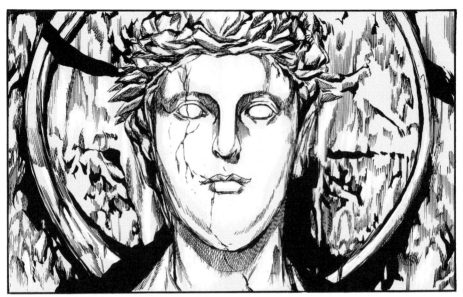

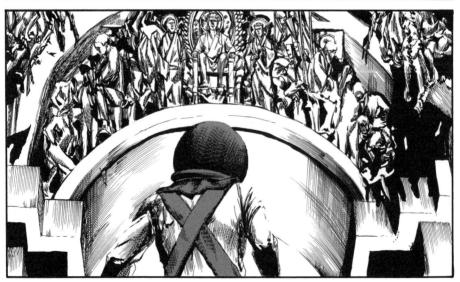

我已經瘋了。

眼前我所看見的景象，不可能真實存在。

即使如此，我還是無法壓抑……想要走進那座神殿的衝動。

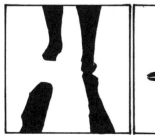

雖然我不知道裡頭
到底有什麼……

魔　犬

THE HOUND

H. P. LOVECRAFT'S
"THE HOUND"
Written in September of 1922
Published in February of 1924 in Weird Tales

神啊——

請寬恕我們兩人那愚蠢、病態且帶來可怕的命運的行徑。

這個枯燥乏味的世間，多年來一直讓我與老朋友聖約翰（St.John）感到難以忍受。

戀愛？冒險？那只是凡夫俗子們用來打發時間的無聊事。

就算是高尚的學問或華麗的藝術，也不過是解悶的工具——

只有一樣東西，能夠帶我們逃離這無止境的倦怠。

那就是違反世間一切道德與光明的惡魔哲學。

喀嚓

鑽唧

嘩

76

咿呀

同時也是最褻瀆神的行徑——

砰!

我們追求的是最直接的刺激、最貼近現實的體驗——

那就是沉迷於盜墓。

喀

喀

咚

カッ
噠

門沒鎖。

約翰，是我。

咚咚

……我買了一些吃的來給你

我一點也不餓。

你不來讀讀看嗎？

不管讀幾次都覺得很有意思。

你還在讀那本書？

《死靈之書》……

78

咕嘟嘟

我已經讀十次以上了。

呵！

咱

連語意不完整的英文版都這麼有趣了⋯⋯

好想看阿拉伯文的原版⋯⋯

由阿卜杜・阿爾哈茲萊德所寫的禁忌魔法書⋯⋯

算了，來聊聊下次的「探險」吧。

五個世紀以前，荷蘭某教堂墓園裡埋了一個男人……

據說這男人生前是個盜墓賊，曾經偷了一樣具有魔力的寶物。

最好是在滿月的時候抵達荷蘭……

聽起來很有意思……

何時出發？

好久沒有去到那麼遠的地方了……

真令人期待。

80

到了……

對了，有件事忘了告訴你。

嗚嗚喔喔喔

那個盜墓賊被人發現死在這座墓園裡……

屍體像是遭巨大猛獸撕咬蹂躪過。

咚！

砰！

放心，沒人會來這種地方。

要是有人聽見槍聲⋯⋯

喀嚓

嗚喔喔喔喔⋯⋯

百年前，這裡就已經是一座廢墟。

⋯⋯

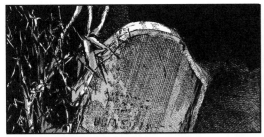

把燈給我⋯⋯

是這裡嗎？

我們開始挖吧。

不會錯的。

唰

會挖出什麼呢⋯⋯真是期待。

……

約翰……

!?

應該是野狗吧。

不，這聲音未免太……

喔喔喔喔喔喔喔

別胡說……

哈哈哈！

或許是咬死這男人的野獸呢……

看見棺材了！

打開吧……

轟轟轟轟

啪！

這實在不像五百年前的屍體。

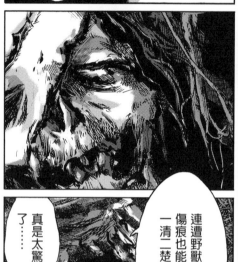

連遭野獸撕裂的傷痕也能分辨得一清二楚。

真是大驚人了……

頸子旁邊好像有東西……

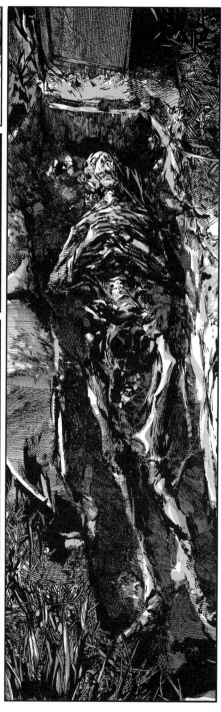

88

這是什麼？

你看……

材質是翡翠，原本多半是條項鍊……

是護身符吧，底部不知是什麼刻紋？

這跟《死靈之書》中記載的「食屍教」的靈魂符號有點像。

根據阿卜杜・阿爾哈茲萊德的說法，這種邪靈會啃食屍體，令死者恐懼不已。

真有意思！

大老遠來到荷蘭是值得的！

這趟遠行收穫不少。

下次要去哪裡呢……

喔喔喔喔喔

我好像聽見野獸的吠叫聲……

我什麼也沒有聽見啊？

怎麼了？

！

……

這是我們博物館裡最棒的收藏品。

沒錯……

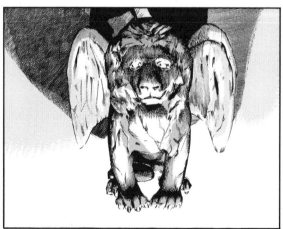

太棒了!

返回英國不到一個星期，我們的身邊開始發生一些怪事……

咦……？

怎麼變暗了？

約翰，門沒鎖。

叩叩叩叩

桀桀桀桀桀……

咯嚓

……

怎麼了？
有什麼事嗎？

嗯……

約翰，快醒醒！

好像有人闖進屋裡……

……

那是強盜嗎？

不，我聽見挑釁般的笑聲。

難道是警察？

……開什麼玩笑

我感覺到了敵意。

看我一槍解決掉……

唰

沙

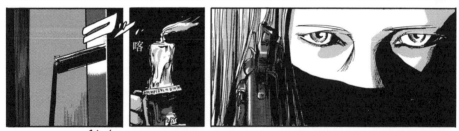

約翰……剛剛那景象，你看清楚了嗎？

吱吱

沒有，但我可以肯定……

那是荷蘭語……

喔喔喔喔喔

啾啾

……在這邊

喂！約翰！！

……

喔喔喔喔喔

！？

啪

……！

約翰！
我們還是
回屋裡吧
！！

這是野狗的
足跡……

……

不，是
熊
……

約翰，先回
屋裡再說。

喔喔喔喔喔喔喔喔

約翰
！！

約翰!!

約翰……

護身符……

那個……受到詛咒的……

護身……符……

約翰!!

!!

……

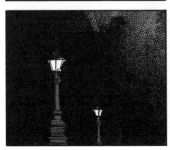

嘻嘻!

！

客人……

抱歉,我們要打烊了……

門開著……

……！？

呵呵……真蠢的旅人。

我就知道這傢伙身上一定有好東西。

果然我的預感很準……

看看這個寶貝!

……

咦?

吱
吱

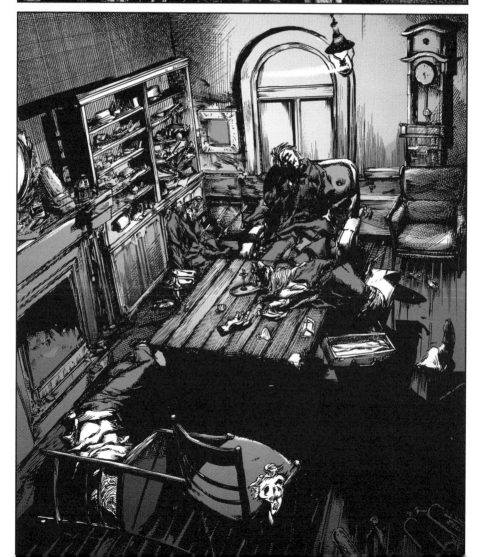

沒想到那個護身符竟然被闖空門的竊賊偷走了……

現在該怎麼辦才好……？

太可怕了！全都死了！

這可是大案子！

發生什麼事了？

一群惡棍的藏身處遭到襲擊！

他們在鹿特丹
可是惡名昭彰
……

居然全都
死了……

怎麼會
有這種
事……

遺體都被野
獸的爪子撕
爛了……

……來旅行啊

你是英國人？

有證件嗎……？

那皮箱是我的……被人給偷了……

沒什麼

有什麼問題嗎？

……

嘎
——
!!

嗚……

……

沙

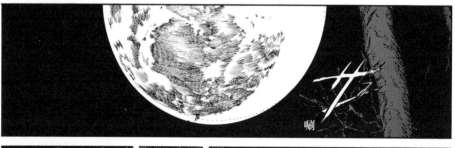

嗄

唏……
好暗……

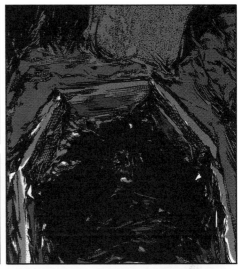

啊
！

啪啪

呼……

呼……

但我知道那傢伙……

呼……

絕對不會放過我……

嗤

嗤

呼……

我完全不記得究竟是怎麼逃出那座可怕的墓園……好不容易保住一命回到英國的我，躲在倫敦的貧民窟裡。

134

我又聽見了那吠叫聲……

那拍動翅膀的聲音離我越來越近……

我唯一能夠躲藏的地方，只剩下……

砰

無名之城

THE NAMELESS CITY

H. P. LOVECRAFT'S
"THE NAMELESS CITY"
Written in January of 1921
Published in November of 1921 in The Wolverine

當我逐漸靠近那裡，
我便明白那是座
受到詛咒的城市……

據說《死靈之書》的作者
阿卜杜．阿爾哈茲萊德在
某個晚上夢見這座城市之後，
寫下了令人難以理解的對句……

"That is not dead which can eternal lie,
And with strange aeons even death may die."
（長眠者永生不死，
在詭譎的永恆之中，連死亡也會消滅。）

轟轟轟

啾啾啾

啪

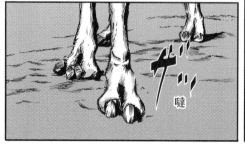

噠

不知道為什麼⋯⋯
這風讓我感到不安⋯⋯

起風了⋯⋯

140

早在古埃及人建立首都孟菲斯之前……早在巴比倫的第一塊磚頭被燒製出來之前……這座荒廢的城市已經是這副模樣。

我終於找到了……這裡肯定就是那傳說中的城市。

沒有任何傳說軼事提及這座城市的名字，或描述它的昔日繁華……

唯一知曉的是，阿拉伯的所有部落都將接近這座廢城視爲禁忌。

從外觀上找不到任何碑文或雕刻，能夠用來研判當初是什麼樣的人建造了這座城市……

唎？

是風……

咻咻咻

在這炎熱的沙漠裡，竟然會吹起如此寒冷的風……

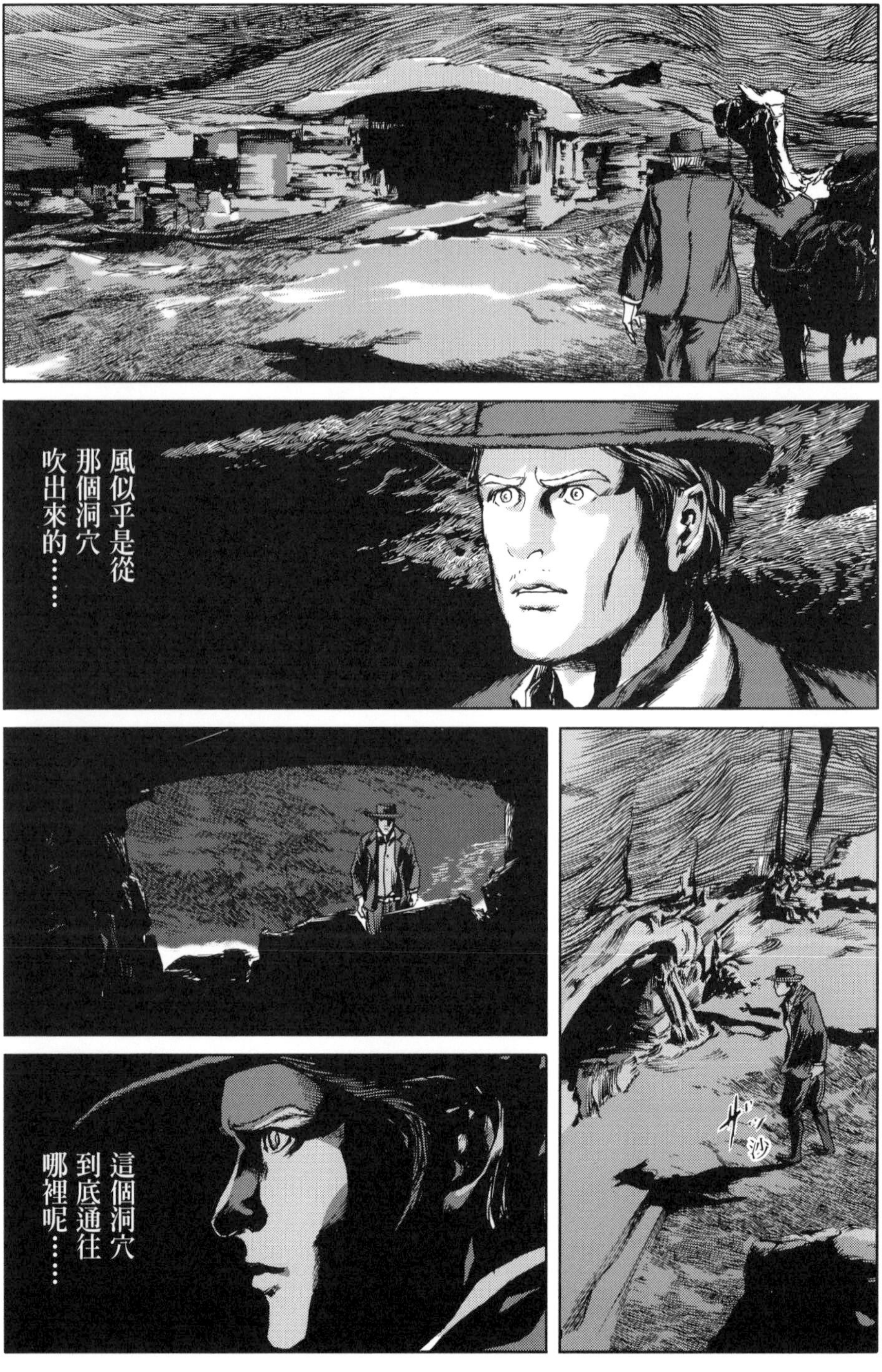
風似乎是從
那個洞穴
吹出來的……
ザッ
沙
這個洞穴
到底通往
哪裡呢……

天要亮了……

啾啾

這股讓人背脊幾乎凍結的冷風……

只有在日出及日落的短暫時刻才會颳起……白天和深夜卻是一片安靜……

レーク・啾啾啾

我決定從這個吹出怪風的洞穴開始調查遺跡的內部……

要不然……
就是遭到埋沒
的神殿……

洞穴的頂部很低。
當初或許是居住區吧
……

喀

裡頭很深……

……這裡不是居住區！

很顯然是用來舉行某種儀式的神殿……

但為什麼頂部如此低矮……？

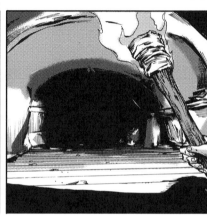

啊啊……火把快熄滅了……

這條階梯到底有多長？

好深……整個結構都是從岩石中挖鑿出來的……

進入洞穴已將近五個小時……

嗯？等等……為什麼我看得見懷表上的指針？

為什麼會有光？這裡可是地底下……

這條通道的兩側整齊排列著許多箱子。

材質應該是經過打磨的木材……

然而那些箱子的蓋子觸摸起來似乎是玻璃……

玻璃……？

在這種上古時代的地底遺跡裡怎麼會有玻璃？

不過這觸感……確實是玻璃……沒有錯……

150

地底的磷光……
來自通道的深處……

這些箱子
簡直就像
棺材……

箱子的數量驚人，
一直延伸到深處。
這裡是靈廟嗎……

雖然難以置信，
但真的是玻璃……

那麼……
棺材裡安放的應該都
是這座城市的居民……

這……這是什麼!?

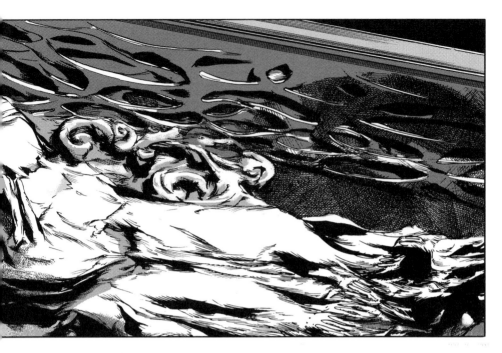

裝飾精巧的棺材裡，
躺著身穿綾羅綢緞、佩掛金銀珠寶
的木乃伊……但那並非人類，
而是從未見過的奇異生物……

難道這些身材矮小的醜陋爬行生物，正是建立這座無名城市的古老種族？

這太令人匪夷所思了……

然而當我走進前方的空間時，心中已不再有絲毫懷疑。

那是一個擁有文字、懂得用火的高度文明，具有獨特的風俗習慣及宗教儀式。

一群奇異的爬蟲類生物建造了這座壯觀的巨大城市。

每一幅畫都訴說著這座都市的驚奇歷史。

牆壁及天花板上滿是壁畫。

這個文明的發展程度，遠遠超越了後來的埃及文明和迦勒底文明。

最後一幅畫的內容……

越到後期越是充滿了憎恨與憤怒。

這些描述歷史的壁畫……

156

似乎是建造出古代城市
「千柱之城」（Iram of the Pillars）
的人類……

遭到這些先住種族
撕成碎片的景象。

我想起阿拉伯人有多
害怕這座無名之城。

那個地方……

正是照亮了整個地底的詭異磷光的源頭……

我本來以為……

不管前方出現什麼，都不會再讓我感到驚訝……

這道厚重的門，似乎是黃銅材質，隱隱散發出光澤……

……………………

！！

在這道門的後頭，必定有個保存著神祕光源的房間……

怎麼可能……

難……難不成……！？

這太荒唐了⋯⋯⋯⋯!!

以為門後應該是另一個房間，我的思緒亂成了一團……

沉澱著發光霧氣的廣大地底空間，讓我有一種錯覺，彷彿我正站在聖母峰上，俯瞰著受到陽光照射的雲海。

眼前只有散發著均等光芒的無垠虛空。

並不是霧⋯⋯!!

這⋯⋯
這些⋯⋯

我感覺到了
強烈的憎惡與敵意⋯⋯

日出時刻⋯⋯

我終於明白為什麼每逢日出及日落，就會颳起冰冷刺骨的寒風。

那陣風就是「牠們」……

牠們的歷史因人類而終結，
種族因人類而滅絕……

這些可恨的人類……

不斷詛咒著我們

隱藏在黑暗之中，

於是牠們化為怨靈，

每當太陽下山，

牠們就會離開這座洞窟，

進入地表的世界，

在黑暗中帶給人類

種種災厄……

等到日出的時候，

再回到此一棲身之所。

……呼 呼……

"That is not dead which can eternal lie,
And with strange aeons even death may die."
（長眠者永生不死，
在詭譎的永恆之中，連死亡也會消滅。）

THE END

H. P. LOVECRAFT'S
THE HOUND
and Other Stories

難以入眠的夜晚，門外似乎躲著什麼的感覺，聽不清楚的聲音……每個人小時候都曾為此感到不安與恐懼，其根源是對死亡的一種直覺。洛夫克拉夫特如同一名神官，以神話的筆法勾勒出了黎明前的黑暗。那豐富的創造力，令人敬畏不已。

畫著這些作品的時候，我就像是他所創造出的眾神的使徒之一。我從不覺得自己畫完了。無盡的想像，依然充斥在我的腦海。「要這樣畫」、「為何畫成那樣？」……我仍不斷聽到神祇們的聲音。

感謝各位讀者閱讀本書，在此致上由衷的謝意。

二〇一四年　盛夏

田邊剛

H.P. 洛夫克拉夫特
（Howard Phillips Lovecraft）

1890年出生於美國羅德島州。經常在專門刊登怪誕小說的通俗廉價雜誌《詭麗幻譚》（*Weird Tales*）上發表作品，但生前一直懷才不遇，唯一獲得出版的單行本作品只有1936年的《印斯茅斯疑雲》（*The Shadow over Innsmouth*）。到了隔年的1937年，洛夫克拉夫特就在一貧如洗的生活中病逝，得年46歲。洛夫克拉夫特過世後，他的弟子兼好友奧古斯特‧德雷斯（August Derleth）將他在諸作品中創造的「克蘇魯神話（Cthulhu Mythos）」建立了完整的體系。這種「宇宙恐怖（cosmic horror）」的風格，對後世的驚悚作家造成了莫大的影響。即使到了現代，洛夫克拉夫特的作品依然擁有狂熱愛好者，衍生出的作品涵蓋電影、漫畫、動畫及電玩，在全世界掀起的熱潮一直沒有消褪。

田邊剛

1975年出生於東京。2001年以《砂吉》榮獲Afternoon四季獎評審特別獎（評審：川口開治），2002年以《二十六個男人和一個少女》（馬克西姆‧高爾基原著）榮獲第四屆ENTERBRAIN entame大獎佳作。其他作品有《saudade》（狩撫麻礼原著）、《累》（改編自三遊亭圓朝《真景累淵》、由武田裕明負責大綱設定）、《Mr.NOBODY》等。2004年將洛夫克拉夫特的《異鄉人》（*The Outsider*）改編為漫畫之後，便積極挑戰洛夫克拉夫特的作品，獲得相當高的評價。

NAZOMAN 25

魔犬

原著書名／魔犬 ラヴクラフト傑作集
改編作畫／田邊剛　　　　　　　原 作 者／H.P.洛夫克拉夫特
翻　　譯／李彥樺　　　　　　　原出版社／KADOKAWA CORPORATION
責任編輯／陳盈竹　　　　　　　編輯總監／劉麗真

榮譽社長／詹宏志
發 行 人／涂玉雲
出 版 社／獨步文化
　　　　　城邦文化事業股份有限公司
　　　　　104台北市中山區民生東路二段141號5樓
　　　　　電話：(02) 2500-7696　傳真：(02) 2500-1967
發　　　行／英屬蓋曼群島商家庭傳媒股份有限公司
　　　　　城邦分公司
　　　　　104台北市中山區民生東路二段141號2樓
網　　址／www.cite.com.tw
讀者服務專線／(02) 2500-7718；2500-7719
服 務 時 間／週一至週五　09：30 ～ 12：00、13：30 ～ 17：00
24小時傳真服務／(02) 2500-1900；2500-1991
讀者服務信箱E-mail／service@readingclub.com.tw
劃 撥 帳 號／19863813
戶　　　名／書虫股份有限公司
香港發行所／城邦（香港）出版集團有限公司
　　　　　香港灣仔駱克道193號東超商業中心一樓
　　　　　電話：(852) 2508-6231　傳真：(852) 2578-9337
馬新發行所／城邦（馬新）出版集團　Cite (M) Sdn Bhd
　　　　　41, Jalan Radin Anum, Bandar Baru Sri Petaling,
　　　　　57000 Kuala Lumpur, Malaysia.
　　　　　Tel: (603) 90578822　Fax: (603) 90576622
　　　　　email:cite@cite.com.my

封面設計／馮議徹
排　　版／陳瑜安
印　　刷／中原造像股份有限公司
□2023年7月初版
售價320元

MAKEN LOVECRAFT KESSAKUSHU
© Tanabe Gou 2014
First published in Japan in 2014 by KADOKAWA CORPORATION, Tokyo.
Complex Chinese translation rights arranged with KADOKAWA CORPORATION,
Tokyo through AMANN CO., LTD., Taipei.
Traditional Chinese translation copyright © by 2023 Apex Press,
a division of Cite Publishing Ltd. All rights reserved.

ISBN：978-626-72265-5-1
　　　978-626-72265-8-2（EPUB）

譯者：李彥樺，1978年生。
日本關西大學文學博士。從事
翻譯工作多年，譯作涵蓋文
學、財經、實用叢書、旅遊手
冊、輕小說、漫畫等各領域。
li.yanhua0211@gmail.com